Docteur Pierre BOULOUMIÉ

estaurant de Régimes

de

VITTEL

ÉTABLISSEMENT HYDROMINÉRAL DE VITTEL

→ 1921 ←

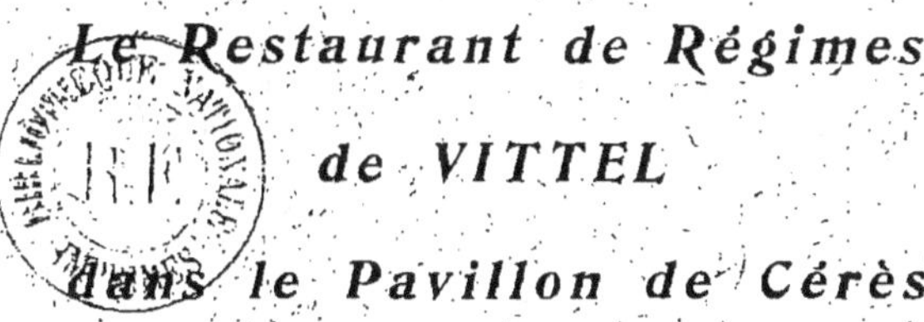

Le Restaurant de Régimes
de VITTEL
dans le Pavillon de Cérès

VUE INTÉRIEURE DE LA SALLE A MANGER

Installation spéciale des cuisines

du Restaurant de Régimes

Grandes marmites
pour cuisson
des aliments par
la vapeur
et à la vapeur

Marmites moyennes
et petites, en demi-lune
pour cuisson des
légumes et fruits divers
en vases clos.

Générateur
spécial
de vapeur

Marmites spéciales
à renversement
pour lait, chocolat,
infusions, etc.

Rôtissoires à feu nu
et grils spéciaux

Fours, pour cuisson des viandes
enrobées dans la pâte

Une station thermale, désireuse d'acquérir et conserver une légitime notoriété doit, quelqu'efficace que soit l'eau minérale qui en est la raison d'être, réunir toutes les conditions hygiéniques et thérapeutiques les plus favorables à la guérison des malades et au soulagement de ceux auxquels elle s'adresse spécialement.

C'est dans cet esprit, qu'en plein accord entre les médecins, les administrateurs et leurs subordonnés, se poursuivent les créations et transformations incessantes de Vittel et qu'a été notamment créé le restaurant de régimes, particulièrement utile dans une station presque uniquement fréquentée par des arthritiques.

Le régime, en effet, dont l'influence sur l'évolution des maladies, chroniques surtout, et de leurs manifestations est généralement si considérable, a chez eux une importance toute spéciale.

Toutes les fonctions sont chez ces malades plus ou moins compromises par le trouble de nutrition qui est à l'origine de l'arthritisme ; tous sont plus ou moins atteints, primitivement ou secondairement, de troubles digestifs apparents ou larvés et, à un degré variable, d'intoxication par rétention des déchets de la nutrition, résultant de leur élaboration, de leurs transformations et de leur élimination incomplètes ; leur foie et leurs reins, insuffisants, les défendent mal contre les dangers qui en résultent.

De là, pour eux, la nécessité de poursuivre le rétablissement des fonctions normales de l'estomac et de ces organes. C'est à cela que tend précisément la cure de Vittel, par la stimulation des activités gastro-hépatiques et rénales en même temps que par la sédation des états douloureux ; mais il est bon, pour que cette cure donne son plein effet, qu'à l'action de l'eau ingérée vienne s'ajouter celle des moyens hygiéniques appropriés s'exerçant sur l'ensemble des fonctions organiques.

En vue de cela, ont été réunis à Vittel tous les moyens physico-thérapiques qu'indiquent la maladie constitutionnelle, l'arthritisme, et ses multiples manifestations, depuis les promenades et pistes de cure de terrain, jeux de plein air, salles et stands de culture physique, etc..., jusqu'aux installations les plus variées et les plus perfectionnées d'hydrothérapie, thermo et photo-thérapie, électrothérapie, etc..., et, pour compléter cet ensemble, auquel elle manquait, comme dans toutes les autres stations thermales françaises, une installation spéciale visant les régimes. C'est ainsi qu'a été créé récemment à Vittel « le restaurant de régimes », pour les arthritiques, goutteux, hépatiques et autres, en même temps que pour ceux qui, menacés par l'arthritisme, veulent se prémunir contre ses atteintes et éloigner par là les tendances qu'il crée à l'artério-sclérose.

Avec le concours, certainement assuré, des médecins traitants, qui depuis longtemps manifestaient le désir de voir leurs malades se conformer pendant leur cure à un régime approprié, nous ne doutons pas que ceux-ci, et avec eux les valides soucieux de leur avenir, ne justifient les espérances que nous mettons dans les succès toujours croissant de cette institution.

Dr P. BOULOUMIÉ.

COMMUNICATIONS SCIENTIFIQUES
AU SUJET DES RÉGIMES ALIMENTAIRES
DANS LES STATIONS THERMALES

RESTAURANT DE RÉGIMES
DE VITTEL

Par le Dʳ P. BOULOUMIÉ

L'importance et l'opportunité de la question du
régime dans les villes d'eaux, que remet occasion-
nellement sur le tapis le rapport dont nous venons
d'entendre la lecture, m'engagent à vous en dire
un mot et à vous faire connaître la solution qui
lui a été donnée à Vittel par l'institution d'un restaurant de régimes, inauguré au cours de la saison
dernière.

Si je dis que cette question a, en ce moment, une
importance et une opportunité toutes particulières,
c'est parce qu'à mon sens, elle se double d'un intérêt patriotique. Nous ne devons pas, en effet, con-
sidérer actuellement le régime dans une ville d'eau
seulement comme un adjuvant de la cure, mais
encore comme une institution qui, bien conçue et
bien conduite, est de nature à attirer et retenir,
pour le plus grand profit de la France, ceux des
malades des pays alliés et amis qui fréquentaient,
en si grand nombre, avant la guerre, les stations
Austro-allemandes, où ils trouvaient, et plus souvent encore croyaient trouver, des régimes à leur
convenance, une active propagande étant faite pour
entretenir cette illusion.

Ce qu'ils trouvaient ou croyaient trouver à
l'étranger, il faut qu'ils le trouvent réellement,

bien exécuté et bien présenté, à la française, dans nos stations ; il faut qu'en cela, comme en tout, la comparaison puisse s'établir en faveur de celles-ci, si supérieures déjà par la variété et la qualité de leurs eaux ; il faut, dès lors, qu'à côté d'une organisation et d'un fonctionnement impeccables au point de vue de l'hygiène des divers services, d'installations physiothérapiques perfectionnées, répondant à toutes les indications fournies par les maladies constituant la spécialisation de chacune d'elles, d'hôtels confortables, salubres et bien tenus, à quelque catégorie qu'ils appartiennent, du plus luxueux jusqu'au plus modeste, le malade soit assuré de trouver, là, mieux que partout ailleurs, les conditions d'hygiène alimentaire exigées par son état.

La chose est, par ailleurs, d'autant plus importante que, cause ou effet, l'état des fonctions digestives est plus ou moins altéré chez un grand nombre de malades fréquentant les stations hydrominérales et qu'ainsi que le faisait justement observer le professeur A. Robin, au Congrès de Grenoble, en 1902, « la plupart des établissements thermaux inscrivent la dyspepsie au nombre de leurs indications ».

Il me suffira, d'ailleurs de rappeler à quels nombreux et intéressants mémoires, rapports et discussions a donné lieu cette question devant diverses sociétés médicales, comme à la société d'hydrologie et dans nos Congrès, pour montrer tout l'intérêt que les médecins français en général, et les médecins hydrologues en particulier, n'ont cessé d'attacher depuis longtemps à sa solution ; mais il faut reconnaître en même temps que, jusqu'à ce jour, une seule institution a tenu ce qu'on en attendait : « la *maison de régime* ». C'est pour ces diverses raisons que, celle-ci ne répondant pas à tous les besoins de la clientèle de Vittel, je me suis préoccupé de l'organisation du « *restaurant de régimes* ». Il me paraissait nécessaire, en effet, malgré les améliorations réalisées et les tentatives faites jusqu'alors, qui se montraient, malgré tout, insuffisantes : service par petites tables, au lieu de la table d'hôte ; interdiction (trop souvent platonique) par les médecins, aux hôteliers de servir certains mets, condiments ou préparations plus ou moins nocifs ; tables de régime ; mets de régime, signalés et recommandés aux hôteliers comme aux malades ; plats de régime exclusivement présentés par les serveurs aux malades désignés ; mets de remplacement, choisis parmi les mets convenant au plus grand nombre, et toujours à la disposition des malades sans rétribution supplémentaire. Personnellement, depuis plus de 20 ans, à cela, j'ajoute la remise à mes malades d'une courte notice, spécialement annotée pour chacun d'eux, « *hygiène alimentaire des arthritiques* », avec nomenclature des divers aliments usuels, classés en : permis, tolérés et défendus, précédée de quelques renseignements généraux sur le régime de l'arthritïque, la composition des repas, et, dans les diverses catégories d'aliments, les raisons de leur classement en permis, tolérés ou défendus.

Tout cela s'est montré plus ou moins utile, assurément, mais encore insuffisant pour plusieurs raisons : indiscipline et préjugés chez les malades et dans leur entourage ; souci de leur réputation et de leurs intérêts immédiats, chez les hôteliers ; mentalité spéciale et habitude chez les uns et les autres. C'est là du moins ce que j'ai observé, au cours d'une longue carrière, dans une station fréquentée surtout par des arthritiques, malades suralimentés pour la plupart, le plus souvent hyperacides par abus alimentaire, de viande et de pain principalement, hypersthéniques-gastriques, plus ou moins intoxiqués par une alimentation trop carnée, aboutissant à l'élaboration imparfaite des albuminoïdes par un foie surmené et à l'élimination incomplète de leurs déchets par des reins insuffisants par intervalles.

Entraînés par l'habitude et redoutant l'affaiblissement par suppression ou même restriction de leurs excitants coutumiers, ils se montrent réfractaires aux prescriptions d'hygiène alimentaire, qui sont pourtant nécessaires et ils cèdent trop facilement aux suggestions, opposées aux conseils du médecin, qui les assaillent de tous côtés, cherchant à les convaincre que, pendant la cure, il faut manger beaucoup pour ne pas s'affaiblir et que l'eau entraînant tout, on peut impunément manger à sa faim et à sa guise.

A côté de ces conseillers, trop facilement écoutés, il y a les serveurs, les maîtres d'hôtel, les hôteliers, qui, les uns et les autres, ne demandant qu'à satisfaire leur clientèle, flattent ses goûts et ses manies, et ces derniers particulièrement, les hôteliers, qui sont surtout préoccupés de montrer combien la réputation de leur hôtel est justifiée par la qualité de leur cuisine. Il y a aussi le chef et les cuisiniers, qui, d'une part, obéissent au même sentiment, très compréhensible il faut le reconnaître, et ne peuvent admettre, généralement qu'une cuisine de régime puisse être une bonne cuisine et soit digne de leurs talents,... elle est trop simple !

D'autre part, n'ayant pas la foi, tout ce personnel ne voit, le plus souvent, dans l'établissement des menus et la confection des mets de régime, qu'une complication de service superflue et sans intérêt, qu'ils s'ingénient dès lors à éviter par d'heureuses dénominations données à des mets courants ou de préparation courante.

Pour surmonter les difficultés naissant de ces oppositions, il ne faut rien moins, je m'en suis rendu compte, que des organes spéciaux et distincts, c'est-à-dire des établissements spécialisés avec un personnel spécialisé, lui aussi, jaloux d'établir et de maintenir leur réputation, et s'ingéniant à tout faire pour qu'ils soient fréquentés par goût autant que par raison.

Le type des établissements pour malades proprement dits, est évidemment la « *maison de régimes* », mais si celle-ci convient et convient seule à une catégorie de sujets, dont l'état réclame la surveillance à peu près constante du médecin, qu'il s'agisse notamment du traitement de certaines affections subaiguës ou chroniques des voies digestives, et de la nécessité, de cause quelconque, de faire observer scrupuleusement des prescriptions diététiques modifiables d'un jour à l'autre, ou, dans certains cas, de faire poursuivre méthodiquement une cure sévère et prolongée de restrictions alimentaires, etc., elle ne saurait convenir à la généralité de la clientèle des stations hydro-minérales.

Elle ne peut, par cela même, dans nos stations, être l'unique moyen mis à la disposition des malades, bien portants en apparence, devant se conformer au régime qui leur est prescrit par le médecin chargé de la direction de leur cure.

Etant, dès lors, reconnu que les moyens adoptés dans les hôtels, même le mieux tenus et surveillés, se sont montrés insuffisants et que la maison de régime ne convient pas à la généralité des cas, c'est au restaurant de régimes qu'il m'a paru nécessaire de recourir ; aussi, dès 1917, en prévision des besoins de l'après-guerre, en ai-je demandé la création à Vittel, étant entendu que tous les médecins de la station seraient appelés à donner leur avis sur les mets et préparations à interdire, autoriser et recommander et qu'ils exerceraient, par l'intermédiaire de l'un d'eux, le directeur des services physiothérapiques, D' Darricau, désigné à cet effet, leur surveillance sur son fonctionnement, au point de vue du choix des aliments, de l'établissement des menus, de l'observation des règles de l'hygiène, notamment pour ce qui concerne la conservation, la manutention et la préparation des aliments.

C'est dans ces conditions qu'a été institué le *restaurant de régimes de Vittel*, conformément aux principes suivants, qui ont reçu l'approbation de la Société de médecine de Vittel :

Le restaurant de régimes doit être institué en vue de malades soucieux de rétablir leur santé et de valides soucieux de la conserver.

Il doit être, en même temps qu'un adjuvant de la cure, un agent d'éducation diététique pour le malade et pour le valide.

Mets, préparations et régimes doivent y être multiples et variés pour s'adapter aux conditions diverses de fonctionnement des voies digestives et de l'organisme de chacun et aux divers états pathologiques, des reins et des vaisseaux notamment. Pour que leur emploi puisse se prolonger sans dégoût ni gêne pendant tout le temps nécessaire, les menus de régime doivent être, en même temps que variés, aussi attrayants que possible et, pour cela, leur exécution doit en être particulièrement soignée. Ces conditions de variété des mets et d'attrait des menus ne peuvent se concilier avec une bonne hygiène alimentaire que s'il est tenu grand compte des modifications et transformations qu'opèrent dans les aliments les divers modes de cuisson et de préparation.

Ainsi compris, le restaurant de régimes ne peut qu'être un précieux agent, d'entraînement diététique démontrant que, contrairement à l'opinion courante, une bonne hygiène n'est nullement exclusive d'une bonne cuisine : Il est ainsi appelé à rendre d'indéniables services.

Pour que le restaurant fonctionne conformément à ces principes, dans le respect des prescriptions médicales et à la satisfaction des malades, conditions qui doivent en assurer le succès, il doit être doté d'un outillage spécial, comprenant des appareils et ustensiles de cuisine multiples et variés, permettant pratiquement d'exécuter, sans difficulté et sans encombre les divers modes de cuisson et de préparation hygiéniques simultanés de plusieurs sortes d'aliments, en même temps qu'il doit être dirigé et desservi par un personnel, de direction, de cuisine et de salle, convaincu, consciencieux, dévoué, spécialement entraîné à ses fonctions, de manière que tout converge vers le résultat à atteindre.

C'est là ce qui a été fait, non sans difficultés, il est vrai, mais aussi ce qui assure d'ores et déjà le succès de l'entreprise.

Le matériel conçu et exécuté suivant nos indications, comprend une série d'appareils et d'ustensiles spéciaux, permettant l'exécution hygiénique, relativement facile et simultanée de prescriptions culinaires très variées.

Ce matériel comporte spécialement : 1° un générateur de vapeur alimentant exclusivement de multiples appareils qui constituent la majeure partie de l'outillage propre à la cuisine de régimes ; 2° ces divers appareils : marmites de formes et dimensions diverses, à double ou simple paroi, les unes, pour la cuisson des viandes et légumes et autres aliments par la vapeur et à la vapeur, les autres, pour les bouillons et potages, pour le lait, pour le chocolat, pour les infusions ; 3° des fours pour la cuisson des viandes enrobées de pâte ; 4° des rôtissoires à feu nu et grilloirs spéciaux.

Les grandes marmites sont destinées, soit à la cuisson directe des aliments, viandes, poissons, légumes et autres par la chaleur dégagée de la vapeur circulant entre les deux parois, soit à la cuisson à la vapeur, ou par de la vapeur dégagée d'une certaine quantité d'eau placée dans le fond. Les marmites sont munies, en effet, de supports intérieurs amovibles, permettant de disposer dans leur intérieur 2 à 4 marmites secondaires en forme de demi-lune, ouvertes ou fermées, et constituant à volonté des vases clos, autour desquels circule la vapeur, dégagée de cette couche d'eau, portée en quelques minutes à l'ébullition par la vapeur du générateur. Leur nombre permet de faire cuire en même temps plusieurs sortes d'aliments, légumes et fruits particulièrement, soit à la vapeur, soit par la vapeur. Les légumes, auxquels elles sont surtout destinées, cuisent là, en marmite fermée, dans leur eau de constitution, en conservant leurs sels, leurs arômes et leur pectine et, dès lors, leurs qualités alcalines, leur saveur et leur moelleux, ce qui les rend incontestablement plus savoureux, en même temps que plus hygiéniques qu'alors que, préalablement blanchis, ils en ont été, par là-même, privés en grande partie et qu'on a dû les remplacer par des condiments divers.

Les appareils pour cuisson des viandes comprennent : a) les marmites destinées à la préparation des viandes à cuire à l'abri des coups de feu et aux viandes à cuire par ébullition prolongée, aux bouillis qui, dépouillés ainsi de la majeure partie de leurs extractifs, constituent un aliment azoté non excitant, convenant aux estomacs irritables et aux organismes que ces extractifs intoxiquent ; b) les fours spéciaux destinés à la cuisson des viandes en croûte, qui, se trouvant ainsi protégées contre le coup de feu par la pâte qui les enveloppe et privées en partie de leurs extractifs que celle-ci absorbe, présentent l'avantage alimentaire des rôtis ou des grillés, en évitant que, comme dans ceux-ci, il se forme à leur surface des produits aromatiques, sucrés et gras, particulièrement excitants, irritants même pour l'estomac et riches en matières extractives, nuisibles dans bien des cas, aux arthritiques notamment.

Pour la préparation des rôtis et des grillés, qui ont, eux aussi, leur grande utilité dans une maison de régimes, pour les débiles et les hyposthéniques-hypopeptiques, sont disposés des appareils spéciaux, permettant leur préparation dans les meilleures conditions, au point de vue de la saveur et de l'hygiène.

La conservation des denrées, qui normalement doivent être quotidiennement renouvelées, les viandes et poissons en particulier, est assurée par l'association de glacières, chambre froide et timbres, toujours maintenus dans le plus parfait état de propreté, conformément à des consignes sévères. Pour assurer l'approvisionnement en poisson de rivière, recommandé souvent de préférence au poisson de mer, une importante réserve à eau courante en voie d'installation dans une pièce d'eau alimentée par une source abondante à l'abri des pollutions, s'ajoutera à la réserve spéciale existant déjà pour certains poissons seulement dans une annexe de l'établissement.

Un grand jardin potager, au service spécial du restaurant, lui fournit des légumes toujours frais et récoltés à maturité, conditions essentielles pour qu'ils soient consommés avec toutes leurs qualités.

Pour éviter des fautes contre l'hygiène, dans la préparation ainsi prévue des aliments, certaines précautions sont prises : les fonds de sauce, riches en nucléines et extractifs, particulièrement nuisibles aux arthritiques, sont exclus et remplacés par les fonds de sauce végétariens, le beurre n'est employé que cru ou fondu au bain-marie, mais non cuit ; le jus de citron est le condiment recommandé et quand il est parfois employé du vinaigre, ce n'est jamais que du vinaigre de vin ; tout aliment ou condiment reconnu comme anti-hygiénique par les médecins, y est formellement interdit.

L'accès au restaurant, intentionnellement installé dans une salle à manger spacieuse, élégante, d'aspect gai, largement éclairée le jour par de grandes baies donnant sur les jardins, le soir, par de multiples guirlandes électriques, étant libre, chacun, où qu'il demeure, peut y prendre ses repas — un prix de pension y est admis. Pour donner à chacun la facilité d'y être servi suivant ses préférences et ses moyens, il y a trois combinaisons de repas : *a)* Repas à prix fixe, heure fixe et menu fixe (avec un plat de remplacement à volonté) ; *b)* repas à prix fixe avec nombre de plats déterminé à choisir sur la carte du jour ; *c*) repas à la carte proprement dit.

Les repas à menu fixe comportent trois régimes courants, avec ou sans viande, au repas du soir notamment : *a*) régime des arthritiques, goutteux, graveleux, hépatiques ; *b*) régime des diabétiques ; et *c*) régime sans sel.

Malgré le coût élevé des installations et du service spécial, les prix n'y sont pas majorés comme ils le sont forcément dans les hôtels ou le régime est une exception et constitue une complication entraînant des frais supplémentaires.

Dans ces conditions, le restaurant de régimes, tel qu'il est installé et qu'il fonctionne à Vittel, constitue un progrès réel, que, sans aucun doute, les autres stations ne tarderont pas à réaliser à leur tour, ainsi que le réclamait encore, au printemps dernier, le Dr Binet, de Vichy, dans son rapport au Congrès de Monaco.

Appréciant sans doute, comme moi, que la question est d'ordre hôtelier, autant que médical, et qu'elle ne peut être résolue que par la collaboration du médecin et de l'hôtelier, vous excuserez certainement les détails d'installation et de fonctionnement dans lesquels j'ai dû entrer, surtout si vous envisagez que c'est à cette collaboration qu'est dû le succès des institutions suisses et allemandes et que le but poursuivi n'est autre que l'amélioration de la santé de nos malades, joint à la prospérité de nos stations, à laquelle se lie en ce moment l'intérêt de la France.

CAHORS, IMP. COUESLANT (*personnel intéressé*). — 23.970

Pavillon de Cérès

Établissement d'Hydrothérapie

LE HALL D'ENTRÉE